JACQUES D'ADELSWAERD-FERSEN

HEI HSIANG

LE PARFUM NOIR

ALBERT MESSEIN, Éditeur, 19, Quai Saint-Michel. - PARIS

HEI HSIANG

(Le Parfum noir)

DU MÊME AUTEUR

POÈMES

Chansons Légères. **Préfaces d'Edmond Rostand et Fernand Gregh. Illustrations de Louis Morin. . . . . .**	**5.75**
L'Hymnaire d'Adonis. **Couverture d'Auriol, in-4° . . .**	**7.50**
Les Cortèges qui sont passés.	**5.75**
L'Amour Ensveli	**5.75**
Ainsi Chantait Marsyas. **Tirage limité . . . .**	**6.»»**
Musique sur tes Lèvres, **vers et proses. . . . .**	**5.75**
Choix de poèmes	**5.75**

PROSES

Notre-Dame-des-Mers-Mortes **Roman. . . . .**	**5.75**
Lord Lyllian **(*Messes Noires*). Roman. . . . .**	**5.75**
Une Jeunesse, **Roman, suivi de: *Le Baiser de Narcisse*.**	**5.75**
Et le Feu s'éteignit sur la Mer, **Roman de Capri . . .**	**5.75**

JACQUES D'ADELSWAERD-FERSEN

HEI HSIANG

(LE PARFUM NOIR)

PARIS
ALBERT MESSEIN, ÉDITEUR
19, QUAI SAINT-MICHEL, 19

1921

IL A ÉTÉ TIRÉ :

5 exemplaires sur Japon impérial numérotés de 1 à 5.
500 exemplaires sur vélin d'Arches numérotés de 6 à 505.

N°

FUMÉES

HEI HSIANG

POÈME

POUR LA DEUXIÈME LUNE DU MOIS DU CHIEN

(Greffage des pavots)

Ce soir, je chante l'opium,
L'opium illimité, l'opium immense,
L'opium, fils hiératique de l'Asie,
Qui dispense
La douceur pour nectar, la paix pour ambroisie,
Et dont les dix mille génies tutélaires
Ont suscité, comme un pardon,
Les paroles de lumière,
De Confutsé à Meng Tseu.

Ce soir, je chante l'opium,
L'opium illimité, l'opium immense...
Dans mon cerveau, sa fumée danse

En me faisant oublier l'homme...
Je regarde le fantôme enivré ;
Je suis ses voiles impondérables,
Et j'écoute sa voix qui promet des extases...
Et j'entre dans les pagodes parfumées de jasmins
Où brûlent des bâtonnets aux ancêtres...

Ce soir, je chante l'opium,
L'opium illimité, l'opium immense...
La jonque nous attend, prête pour la partance,
Au fond d'un golfe de Formose.
Le vieux pirate qui la conduit
Est si tanné, qu'il à l'air cuit
Par le soleil du Fleuve Jaune...
Mais, sur sa natte, voici qu'il tend
Le bol où fume un thé très rare.

Ce soir, je chante l'opium,
L'opium illimité, l'opium immense.
Couchés dans un sampan qui dérive en cadence,
Nous glissons sur la rivière,
Entre les rizières
De la province de Kwan Tong.
Et me voici dans la ville étincelante

Où grouillent et crient des millions d'êtres...
...Et des cymbales cinglant le silence!...

Ce soir, je chante l'opium,
L'opium illimité, l'opium immense
Qui me prendra, saoul de choum choum
Par les ruelles bariolées
Aux odeurs d'ail et d'encens?
Je veux une musique acidulée;
Et, sur le pont d'un bateau fleur,
Le sourire lunaire, placide et moqueur,
D'une danseuse de Nanking ou d'un mignon du pays Thô.

Ce soir, je chante l'opium,
L'opium illimité, l'opium immense!
Et je veux, rituellement, faire les révérences
Aux esprits des vieux fumeurs...
Conduisez donc mon pauvre cœur
A travers les splendides palais funéraires;
Là je vivrai. Là je prierai;
Gardé par les taciturnes colosses de pierre

Dont le rire hallucine aux mornes nuits d'opium!
Dieu mystérieux des parfums et des formes,

Régnant par la douceur sur l'âpre solitude,
Accorde moi le calme, et fais que soit moins rude
Le dédain de la vie à l'âme du rêveur...

Puisqu'à présent, pour moi, la jeunesse s'enfuit
Jour par jour, un peu plus, comme un vent impalpable,
Permets que l'illusion me jette dans la nuit,
Des grains d'or pur parmi le sable...

Je veux penser que me voilà petit enfant
Comme jadis. Je veux mon cœur aussi confiant
Et mon âme aussi ingénue...
Je regarderai les nuages, dans les nues,
Comme avant...

Par ton miracle bleu, par ta mansuétude,
J'oublierai qu'il y a des méchants parmi nous,
L'homme égoiste, avare, indifférent et fou,
Et la femme accroupie en basse servitude...

Je ne verrai rien. Je ne dirai rien;
Et je n'entendrai plus tous les bruits de la foule;
Je croirai percevoir le grand rythme et la houle
De la mer, aux colloques aériens...

Je m'étendrai bien seul, sur ma sœur la terre,
Comme se reposent les beaux morts;
Et mes regards seront tournés vers l'or
Des silences planétaires...

Et si quelque chant pur me rappelait l'amour
Et la douceur des jeunes lèvres.
Dieu mystérieux des rêves et des fièvres,
C'est vers toi, qu'à genoux, j'évoquerai l'Amour!...

GÉNUFLEXIONS DEVANT KOUAN YIN

Kouan Yin, lumière sur le lotus sacré,
Kouan Yin, sourire ineffable!
Kouan Yin, qui d'une main porte l'Enfant Dieu,
Et qui contient ainsi l'espoir dans le silence...
Kouan Yin, dont le front a la fraîcheur d'un baiser,
D'un premier baiser...

Kouan Yin, ô déesse
Dix mille fois saupoudrée d'or!
Kouan Yin, ô déesse,
Qui m'apparais dans la fumée sainte
Au bord du lac des longévités,
Koua Yin, apprends moi l'amour!

Jamais plus qu'à présent, au milieu des massacres,
Je n'ai eu le désir de me soumettre à toi :
Kouan Yin, apprends moi l'amour!...
Apprends moi l'amour immense, résigné d'avance
Aux déceptions, aux calomnies.
Apprends moi l'amour, comme Çakya Mouni apprit l'amour,
Amer des larmes...
Apprends moi l'amour piétiné par les bêtes
Mais qui verdoie en chaque cœur...
Je baisse en sanglotant, la tête...
Dis moi comment je dois aimer
Mes frères, mes ennemis : les hommes...
Kouan Yin, qui trône, suprême en ton bonheur,
Accorde moi le bonheur d'aimer...
Chante par ma voix, agis par mes gestes,
Pacifie par ta douceur.

Kouan Yin, lumière sur le lotus sacré,
Ecoute, du fond de tes temples séculaires,
O lumière,
Ecoute rugir la haine et frissonner la Terre!
Ils se torturent par orgueil;
Ils se tuent au nom de la vie;
Ils s'enchaînent au nom de la liberté;

Et l'œuvre admirable du Seigneur de tous les Dieux
N'est plus que corruption et boue sanglante!

Kouan Yin, sourire ineffable,
Source jamais tarie de pitié,
Efface des visages ces marques d'agonie
Ces masques de torture infinie...
Fais la nuit sur la révolte,
Souffle en eux la fumée d'extase :
Fais couler du mystère des vases
L'opium, le magnifique oubli d'opium!

Kouan Yin dont une main porte l'enfant Dieu
Et dont L'autre contient l'espoir dans le silence,
Tu verras le meurtrier maudire son crime,
Et reprendre l'espérance...
Le voleur pleurera ses larcins;
Le soldat cachera ses mains d'assassin :
Des remords angoissés surgiront des abymes...
Et l'homme, baptisé par ses larmes,
Te saluera, symbole à son faible bonheur!

Kouan Yin dont le front a la fraîcheur d'un baiser
D'un premier baiser,

Miraculeuse, chaste et pensive, pense
A tous les parias de l'agonie,
Aux mourants gris de souffrance,
Aux clameurs jamais finies,
Aux pauvres petits sans connaissance...
Quelle était donc la Loi qui voulait tant de morts?
Et tant de misère?
Qui donc osa chanter la gloire des plus forts
Ou bien la Guerre?

Kouan Yin, tu nous entends sur ton trône de jade,
Dame de pardon et dame de merci...
Dis nous qu'il faut vivre pour ceci
Pour s'entraider en camarades
Et pour jouir de la joie étonnante de vivre!
Verse dans les âmes d'occident
En place du poison qui les ronge
De la colère du mensonge
Et de l'envie,

Verses, lénifiant, qui des pavots découle,
Verses le baume aux sombres foules,
Endors ces millions d'assassins :
Fais en des Saints.

Après un long sommeil trop tourmenté de rêves,
Dis leur : Lève toi ! Vraiment, qu'ils se lèvent !
Tes paroles d'Amour réveilleront, plus tard,
Chez eux d'autres pensées et puis d'autres regards !

Kouan Yin, o Déesse !
Quoique seul et tremblant de sa propre faiblesse
Ainsi t'aura prié le pauvre homme à genoux :
Kouan Yin !
Kouan Yin !
Kouan Yin !

HOSTIE D'ANNAM

Si l'esclave en révolte a souillé d'un crachat
Ton front d'aristocrate ou tes mains de prélat,
Viens jusqu'au seuil de ce palais, oint de silence.
L'ombre auguste est peuplée par d'augustes présences,
Et les glorieux morts de ton sang sont tous là :
Pour ne point les troubler, avançons, parlez bas,
Et couchez vous sur les grands lits un peu funèbres...
La lampe au clair jet d'or sera, dans les ténèbres,
Comme un reflet d'épée au chevet d'un vainqueur...
Alors, dans un long souffle, aspirant le bonheur,
La clémence, l'oubli des insultes profanes,
Vous sentirez en vous que la haine se fane,
Qu'en place refleurit de l'amour : ce jasmin...
Et, pareil au grand ange assoiffé de mystère,
Penché sur ce front pâle où meurent des prières,
L'opium, sur vos yeux, imposera ses mains !

INITIATION

Je m'en vais vers le Dieu qui s'érige en fumée,
Vers le Dieu nimbé d'astre et d'odeur, vers le Dieu
Qui respire, indulgent, l'haleine de mes yeux
Virés vers lui, soumis comme des yeux d'aimée...

Je me sens son esclave absolu — et j'attends
Qu'il étreigne mon front entre ses grands bras sombres ;
La lampe, à mon chevet, pointe un doigt fin dans l'ombre
Pure.. Et je meurs, dans du parfum, très lentement...

Alors, comme en un havre aux calangues heureuses,
J'embarquerai, tout ivre, à l'espoir des demains...
Nous serons imprégnés d'essences vaporeuses ;
De belles fleurs sans nom rafraîchiront nos mains.

Adieu, soucis quêteurs, vieux remords, hâves peines !
Pareils aux miséreux laissés sur les quais noirs,
Abandonnons les tous dans leur foule malsaine...

Viens humer l'Inconnu de l'Opium, ce soir !

A LA PETITE LAMPE

Dans l'ombre verte et bleue, et nocturne, pareille
Aux grands paons oscellés de la forêt d'Angkor,
Tu es le seul rubis qui soit là, le lys d'or,
L'œil pur qui nous protège et l'esclave qui veille.

Tandis que notre orgueil au sacre s'émerveille
Et que les pavots noirs jonchent les miradors,
Quand l'âme du fumeur s'exhale de son corps
Et que toutes les mers chantent à nos oreilles,

Lorsque l'espoir, cabot fardé, sourit tout bas;
Lorsque nos vieux chagrins entrouvent leurs yeux las,
Qu'un sanglot vient aigrir leur pauvre bouche usée,

Te voici, flamme austère, o cygne virginal !...,
Et brusquement je vois, dans ton miroir fatal,
Ma vie : cette Victoire aux deux ailes brisées !

AUX AIGUILLES

Dagues de fer, pistil de feu, souples antennes
Du papillon qui tremble au chevet du fumeur,
C'est vous qui sur la flamme et loin d'impies rumeurs
Brodez en longs fils d'or l'extase souveraine...

D'après vos jeux, vos jets, vos amours ou vos haines,
La perle de poison naît, s'aspire et meurt,
Laissant l'hiver cagneux ou le printemps oseur
Régner dans l'âme esclave, opium, des Sirènes !

Peut être qu'un soir d'ambre et plein de vol d'oiseaux,
Je prendrai vos stylets comme on cueille un roseau,
Sachant qu'il faut partir à temps pour les légendes...

Un long baiser d'amour à mon unique aimé
Scellera nos deux cœurs pour la dernière offrande...
Et la Mort nous prendra, sans avoir blasphémé.

Penser, en caressant l'ivoire
D'une pipe de tâo taï,
Aux jardins verts de Chang-Haï
Murés de laque rouge et noire...

Suivre, en flâneur, l'exquis chemin
Rosi de pivoines, qui mène
Au pagodon de porcelaine,
Où Li Han Ko fume si bien...

M'étendre sur un lit de jade,
De Kinam et d'ambre incrusté,
Chanter des vers, servir le thé
Avec des airs de gno malade...

Puis, vers le soir géranium,
Surprendre un vol d'ibis qui passe...
Tandis que l'âme tendre et lasse,
S'évapore en senteurs d'opium...!

Oh, pankas d'Haï-Nan; languissament frôleuses
Qui courbiez vers nos fronts les blés noirs du sommeil,
Pankas du midi fauve et des fumeries pieuses
Où l'on rêve à l'amour loin des cris du soleil,

Fraîches mains des pankas! vous calmâtes nos fièvres,
Tandis que l'opium, ainsi qu'un Prince en deuil,
Erigé parmi l'ombre, un secret sur les lèvres,
Nous montrait ses yamens aux mystérieux seuils...

Que de fois j'ai suivi ce Roi dans mes veillées!
Que de fois, méprisant le mensonge des fous,
Ais-je senti, pankas, mon âme travaillée
Elire son repos entre vos rythmes doux...

Et loin, loin, n'est-ce pas, des tristesses humaines,
J'ai crié, dans l'effroi des amers avenirs :
Opium, pour qui seul j'ai gardé le désir,
Qui installas en moi ton âme souveraine,

Je veux savoir où vont, près de la lampe d'or,
Ces fantômes dansants, ces parfums qui grésillent...
Idole, que fais tu des lèvres de vanille
Qui mêlaient leurs baisers à ton venin trop fort!...

Mais le Dieu, hermétique, au milieu des fumées,
N'a pas daigné répondre à mon fervent appel....
Et comme un sphinx de marbre, avec mon cœur pour stèle,
N'a jamais entrouvert ses paupières fermées...

A CELUI QUI N'EST JAMAIS VENU :

A Ch. BAUDELAIRE

Que j'eûsse voulu vivre en la jungle mystique
Guidé par la ferveur de tes yeux de croyant,
Et choir, humble, à genoux, loin du monde méchant,
Pour fleurir de lotus les Bouddahs souriants,
O Souverain déçu, o grand Asiatique!

Le Vât eût reflété son nirvanah unique
Dans ton âme assombrie ainsi que ces étangs.
Nous aurions gravi — avec des pieds tremblants —
Ces escaliers mis là à l'assaut du ciel blanc,
Et prié l'Ineffable en de graves musiques.

Puis le soir, quand vient l'heure aux funèbres envols,
Assis près des nagas ou des danseurs trop mols
Qui blessent mon désir exagérant leur grâce,

Peut être eût on surpris, dans l'ombre hantée de mort,
L'hallucinant réveil et les sourdes menaces
Des dieux ensevelis sous les ruines d'Angkor!

ANGKHOR

I

Dans l'éclat du gong clair qu'un lourd battant taraude,
Parmi les pleurs, le rire et le chant alterné,
Ecartant — trompe droite — un peuple prosterné,
Les éléphants saluent l'idole d'émeraude...

L'encens fume. Il se love au bord des marches chaudes.
Comme un serpent, jusqu'au lotus, d'ivoire orné...
Tandis que, de cent seuils et de cent vasques, né,
Jaillit un cri sauvage en la senteur qui rôde...

Voici ce sacrifice, ô Rajah du désir!
Donne nous la victoire ou sinon vont surgir
L'ivre profanateur et sa cohue barbare.

Ils détruiront Angkhor, puissants comme la mer!
La foule agrippe un Roi transi sous ses tiares...
Et les prêtres l'ont tué d'un long couteau de fer....

II

O magnifique ! En vain l'on te créa...
La jungle ensevelit peu à peu la prière...
Tout germait puis jaillit, en recouvrant les pierres...
L'épais manteau d'humus sur ta gloire pesa...

De fabuleux trésors, les spectres qu'on brisa,
Les matins de clarté dans tes purs sanctuaires,
Les soirs où le pavot jonchait la rouge terre,
Le baiser, le triomphe ou l'adieu, tout passa.

...La jungle ensevelit peu à peu la prière...

Ce soir, c'est le silence auguste sur Angkhor.
Ainsi qu'un linceul d'ombre où dorment les dieux morts,
La nuit déploie au loin son cortège de voiles...

Et l'on dirait, à voir ces grands profils obscurs,
Hautains, mornes, muets, écroulés dans l'azur,
Un funèbre bûcher tout crépitant d'étoiles !

Ce soir, j'irai fumer dans le temple invisible,
Dans le saint des saints d'ombre où danse l'apsara...
Je prendrai le plateau et les nattes flexibles,
Ma pipe, qu'un vieux bonze artiste décora.

Et quand au ciel orange un laboureur nocturne
Sèmera, poings ouverts, ses fantasques pavots,
Je m'étendrai sur l'herbe, en pélerin dévot,
Et les rêves, vers moi, feront pencher leurs urnes...

Le silence caresse un amant du passé...
Dans l'atmosphère auguste qui plane sur ces pierres,
Seule grésillera, intime et solitaire,
La chanson d'opium dont je me veux bercer.

Et si nul rajah khmer ne surgit des volutes
De fumée odorante abandonnée par moi,
Si je n'évoque point les durbars d'autrefois
Au bout de quelque pipe aux finesses de flûte,

Je fais du *moins* le vœu qu'une des apsaras,
Trop joliment sculptée au seuil du temple même,
Se ranime, un instant, aux yeux du fumeur blême
Pour baiser sur sa bouche les lèvres qu'elle aima...

Entre des panneaux de Coromandel,
Sous un lourd plafond
D'ébène,
Dans un décor violet et noir,
Je rêve de m'étendre, un soir,
Pour fumer ma pipe mandarine...

Quelqu'orchidée, étrange et fine,
Veillera sur mon extase...
Et le silence, le grand silence,
Ne sera troublé que par
Le grillon
Qui crisse au cœur du vieux fumeur...

Alors, parmi l'odeur
De vanille de café et d'iris,
Ta jolie tête
Me sourira...
D'un sourire presque las et triste...
D'un sourire plus pardonnant qu'autrefois...

AU PAVOT DE BÉNARÈS

Les nuits de Bénarès, les nuits de saphir rose,
Les palais d'or, les ghaûts jonchés de bûchers bleus,
Les morts flottant bouffis, l'œil hagard, les pieds creux,
Les buffles roux oints de santal, mâcheurs de roses,

Les éléphants qu'un cornac pique, afin qu'ils posent
Leurs deux genoux massifs au seuil même des Dieux,
Les nuits de Bénarès, musicales, les cieux
Tout flamboyant d'appels, d'essors, d'apothéoses,

L'orgie hindoue aux gongs de cuivre, au goût de sang,
Les mauvais sorts, les fleurs qui tuent, les kriss dansants,
Les vieux rajahs souillés, hoquetants sous les perles,

Ganesh et ses lingams, Kâli, Siva, l'horreur
De ce Gange où la Mort et l'Extase déferlent :
Tout cela nage en ton suc noir — o lourde fleur !

AU PAVOT DE YURMAM

Quel coolie a semé d'un poing large en sa glèbe,
— Sorti de Bac Nam Fu — quel coolie a semé,
Loin des regards, comme un voleur, l'air affamé,
Ton grain, tige lunaire et savoureux Érèbe?

Pendant ces nuits de Chine où dorment tant de plèbes,
Sur les canaux fumeux aux sampans embrumés,
Tu fleuris puis mourûs; mais toujours parfumé,
Distillas l'élixir : ta myrrhe et ton cubèbe...

Or, maintenant, l'exil a porté jusqu'à moi
Le noir venin laqué qui coulait dans tes larmes,
Pavot! Le feu le gonfle; et l'aiguille, en mes doigts,

Malaxant le beau rêve où mon chagrin désarme,
Fait jaillir sur l'écran les palais défendus,
Les dieux en porcelaine et les dragons tordus!

AU PAVOT DE LA SONDE

Je me souviens de l'Ile et des ilots rosés
Qui flottaient sur la mer ainsi que des corbeilles...
On aurait dit des bateaux fleurs qui appareillent,
Ruisselants de parfums sonores et de baisers...

Dans l'azur tropical, par ces matins grisés,
Je me souviens dè l'île, encor, qui m'ensoleille...
Les voix chantent toujours au bord de mon oreille,
Et m'attirent là bas, loin des civilisés!

O pavot de Java! Sombre comme un vampire!
Le suc amer que tu filtras me prend, m'attire,
Et tournoie sur mon songe épuisé de bonheur.

Je tends des bras glacés vers tout l'imaginaire,
Vers l'Orient aigu qui flotte en ta liqueur
Comme en un bol d'onyx tout sculpté de lumière.

CADENCES POUR UN MOURANT

Ce sera par un soir de fumée ou d'hypnose,
Le long de la rivière aux rizières en fleur,
Que je rencontrerai Sâo Nam, le jongleur,
Brûlant des bâtonnets aux génies qui reposent,..

Je l'entrainerai nu, sur mon sampan berceur,
Son corps soyeux, je le ploierai parmi les roses
Pivoines : Mon baiser dénouera ses mains closes.
Il subira soumis, l'assaut de son vainqueur.

L'odeur des daturas flottera sur les choses...
Là bas, très loin, là bas, quelque to-ké moqueur
Rythmera nos destins aux infimes bonheurs...
Et Sâo, sur l'eau nocturne, prendra des poses...

Il dansera pour moi bien seul, pour moi, rêveur,
Étendu sur la natte où meurt un virtuose;
Il offrira sa grâce à mon apothéose :
Le grand ciel pur sera tout frais de sa langueur...

Puis, à mi voix, Sâo chantera : douces gloses
Du Tam Doo Chi Ceng, trahi par l'Empereur,
Qui mourût, pour ne pas survivre à sa douleur...
Mais, moi, je fumerai car je suis bon fumeur,

A l'œil d'or de la lampe, en buvant l'oubli rose.

A QUELQUE PIPE MANDARINE

Tchang, vice roi déchu, livide sous ses gemmes,
Sanglant et poursuivi jusqu'au pied des grands murs
T'abandonna, splendide et lilialement pure,
Dans le yamen souillé, grouillant de hordes blêmes...

Dédaigneux du péril et cynique quand même,
Traitant comme un chinois ces mongols à peau dure,
Ton Maître avait goûté, dans ton ivoire mûr,
Aux rêves qu'un Yunnan câlin et mol essaime...

Il fumait. L'opium avait en lui mêlé
Tant de douceur et tant d'extase à sa tristesse,
Que les cris des bourreaux lui semblait cris de liesse.

Il fumait, regardant le beau ciel constellé...
Mais la révolte hurlante aggrippa le poète
Qui souriait à la lune et qui tendit la tête !

ANGORA

Alors, il faut finir cet homme! il faut,
D'un coup d'ongle ou de couteau,
Faire soudre le sang de son cœur :
Il faut que ses yeux
Suent d'agonie...

Que Kong Fu Tsé soit béni,
Et que le bourreau s'approche.

Mais pour que les ancêtres lui pardonnent,
Et que la vie lui semble douce,
Donnez au condamné l'ivresse féconde
Et l'oubli subtil de la mort...

Offre lui ma pipe d'écaille, bourreau,
Et cuis, au fil fin de la lampe,
Le parfum clair, le parfum blond,
Où son âme fuira dans la fumée...

Offre lui ma natte fraîche, offre lui
Les fleurs fanées sous mes mains brûlantes...
Et dis lui — mais tout bas —
Et puisqu'il va mourir,
Que mes lèvres sont siennes,
Et mon baiser, le dernier adieu !

RÉSURRECTION

Souvent, parmi la foule indifférente et vile
Il arrive qu'un homme, ainsi qu'un naufragé,
Offre son masque triste, élu pour le danger,
Puis se dresse — cabré — par dessus ces serviles.

On dirait, à le voir, que toujours on l'exile:
Son âme et son orgueil l'ont rendu étranger
Aux pactes, à la peur, aux calculs mensongers
Qui font, comme un marché aux esclaves, des villes.

Les sarcasmes, les pleurs, les ruts ou les dédains
Et l'injure d'hier, plus basse encor demain,
Seront une couronne à son front qui l'ignore...

Car sur le sol brutal où il nous faut souffrir,
Le destin du Poète est d'annoncer l'aurore
Loin de ce rire obscur qui cherche à le salir.

AMOUR

PAROLES, A GENOUX

I

Ah, laisse moi rêver quand tu sors de la mer,
Et que l'ardent soleil t'a séché sur la plage,
Ah, laisse moi rêver, et faire un beau voyage...
Ton corps est un coffret mystérieux et clair...

Je fermerai les yeux en le humant dans l'air :
Il contient les parfums des terres tropicales,
L'encens de Bénarès autour de tes paupières,
Les jasmins cinghalais sur ton torse d'opale...

Le benjoin de Moukden, jaillissante cymbale,
Réveille mes baisers endormis dans ton cou
Pour qu'ils aillent prier le long des cuisses pâles...
... Odeur de frangipane au fond d'un temple hindou...

Mais après le sachet de tes lèvres, si doux
Que tous les mangoustans et toutes les vanilles
S'évoquent sous le ciel alangui des Antilles,
Mais, après ton haleine... O vertige plus fou,

— Voyage inoubliable entre les beaux voyages, —

Ardeur de m'étourdir sur l'unique encensoir,
Je saurai respirer le lotus qui distille
Le fauve relent d'amour! Et penché, pour l'avoir,
Sur son pistil de feu qui sent la sapotille,

Comme un homme grisé par l'acte qu'il osa,
Je resterai — ayant perdu toute mémoire... —
Et la mort peut crisper mon col de sa main noire...
J'irai, parmi les Dieux, m'étendre au Nirvanah!

II

Pareil au sacristain très humble, qui s'en va
Installer le missel et remplir les burettes,
Qui promène sa flamme aux cierges les plus bas
Et prie à deux genoux l'hostie en sa secrète,

Je suis votre servant à la messe d'amour.
J'invente vos frissons et j'inscris vos caresses
Sur la page voulue au rituel du jour,
Et vos baisers ont eu naissance en mon ivresse...

Mais ce qui me console et ce dont je suis sûr,
C'est que ma passion est si forte et si belle
Mais si divinement désespérée — Qu'elle
N'aura de lendemains ni amers ni impurs;

Et que tout en sachant vos étreintes profondes,
Vos vertiges à deux fait d'un unique oubli,
Je resterai tout seul à pleurer dans mon lit
En étreignant un Rêve à la place d'un Monde!

III

Vos yeux bleus sont pareils à une île, la nuit.
Votre nez est semblable à la flute d'un pâtre.
Votre bouche d'enfant s'ouvre comme un glaïeul,
Et vos oreilles d'or ont l'air de coquillages.

Votre cou, la colonne unique d'un beau marbre ;
Vos deux seins, le porche frais de la mosquée
Où l'on va réciter les versets du Prophète...
Et vos deux bras, deux jets d'eau — inépuisables...

Vos pieds clairs sont ailés comme ceux d'Ilvarheuz ;
Vos jambes, dirait-on la porte de Baghdad
Conduisant,, o mon Bey, à l'oreiller soyeux
Où ma folie repose au pied du cyprès pur.

Mais de tous ces trésors rassemblés par un Dieu,
Celui que je recherche et que tu me dérobes
C'est ton âme, effendi, c'est ton âme lointaine,
C'est ton âme future et ce cœur inconnu!

IV

Cellini, ton David a vaincu Goliath,
Mais point seul. Érigeant sa très jeune souplesse
Dans un geste fiévreux dont la volupté blesse,
Il nous a tous, mourant d'ardeur immédiate.

Et nos larmes d'amour, comme celles du mort,
Couleront à jamais (et sans qu'on les devine)
D'avoir reçu la pierre en plein dans la poitrine,
Là, juste où notre cœur plus qu'un front saigne encore...

Adorable despote avec un beau visage !
Pareil à ces Romains qu'Elagabal aimait,
Tu m'as fait tant souffrir par ton galbe parfait,
Tu m'as rendu si pâle et si lourd de présages,

Si fort de certitude et rêveur de demains,
Que moi aussi, ma tête, avec une blessure,
Mais pleurant à tes pieds et t'aimant, je t'assure,
N'attend que ton baiser pour revivre soudain...

V

Brun gamin ciselé dans du bronze d'argent,
Le Primatice aurait aimé ton fin visage :
Et ces yeux ingénus en face des images
Du monde, et ton rire ironique et changeant.

Mantegna eût dépeint la grâce de tes gestes
A quelque Scaliger trop fatigué d'amour...
Mais Bazzi sur les murs Siennois, dans la cour
D'un vieux couvent de Parme, ou pour la villa d'Este

Se devine si grave, épris de ta langueur,
Que, frémissant, grisé par ce désir qui lève,
Il sculpte à coups fougeux de pinceau son grand Rêve :
Te voici Sébastien enchantant la douleur !

Et ces flèches de fer dont le sang pur ruisselle
Deviennent un symbole à nos yeux prosternés...
Symbole d'ardeur étrange et d'augure étonné,
Où nous mourons martyrs, blessés par tes prunelles.

VI

Le jour où mon baiser frémira sur tes lèvres,
Et te mordra, vainqueur, jusqu'à faire crier;
Le jour où dans mes bras, comme un enfant pillé
Tu seras bien petit et bien rempli de fièvre,

Le jour où ton visage abandonné au mien,
Tes yeux tout chavirés sous le vent des caresses
Me diront que j'ai su diriger ta faiblesse
Vers mon désir de mâle et vers ce fort soutien,

A mon tour, je serai si joyeux et si grave,
Si jaloux de t'avoir, mais si frileux d'effroi
En pensant à te perdre un jour, mon petit roi,
Qu'à me croire un vainqueur, je serai ton esclave.

Et que je dirai : Reste, oh reste encor! Prie
L'Aphrodite étrangère et les Dieux inconnus;
Aime qui tu voudras, mais laisse ton corps nu
Dormir auprès de moi comme un jade sans prix.

Sois simplement ceci : le bibelot d'ivoire,
La flûte de cristal où se joueront mes mains....
Sois beau ; sois dédaigneux ; sois cruel ; sois humain,
Mais laisse à ma douleur ton sourire illusoire !

VII

Quand viendra la vendange aux flancs du mont Tibère,
Et que Capri, sonore aux arpèges du vent,
Se couronnera d'or comme un faune vivant
Et que la bacchanale enivrera la terre,

Je veux que tu sois nu, couché sur un grand lit
De laine bleu saphir avec des grecques brunes,
Saluant l'hypocrite encensoir de la lune....
Et mon front vers tes seins roulera tout pâli...

...Tout pâli par le vœu d'une étreinte immortelle,
Pâli par mon bonheur et par ta volupté,
Pâli par le poème où je t'aurai chanté,
Toi si beau, toi si jeune, et comme entouré d'ailes...

Et tandis que vers nous cinglera le plaisir
Venant de la montagne où se refont les noces,
Je sentirai monter en moi le doute atroce,
Comme la lune au ciel dans le soir à venir !

VIII

O Sélana ! tu mens à nous verser tes larmes :
Tu mens, quand de lys purs tu fais fleurir la nuit.
Tu mens pour nous griser de tristesse, et tu suis
Ton ellipse, implacable à ceux que tu désarmes.

N'as tu donc jamais vu sur les chemins déserts
(Lorsque toi tu souris en signe de bonheur)
Les pauvres écoliers qu'au fond de son grand cœur
Villon avait élus comme amants solitaires?

Il y a dans ta nargue un mépris si profond,
Tant d'alcool, tant d'éther, ou tant de cocaïne,
Tant d'opium qu'on respire et qui nous assassine,
Qu'on est comme un voilier perdu sur les bas fonds :

Et que seules, des voix survivent au naufrage,
Murmurant : Laissez nous, car nous voulons mourir,
Car nous avons connu ceux qui savaient mentir,
Mais qui rendent plus beau l'indicible mirage !

IX

Une arabesque, de Debussy.
Un matin sur la mer, de Ravel.
Les Goyescas, de Granados.
— Albeniz? — Et puis c'est tout.

Un Charles Quint, de Velasquez.
Quelque Duchesse, de Romney.
Des pommes vertes, par Manet.
— Picasso? — Et puis encore?

Le geste de la reine Matasou.
Un Cakya Mouni d'Angkhor.
L'Ange au sourire de Reims.
— Bourdelle? — Bonsoir, vous autres...

Notre Dame de Paris.
L'escalier du palais Sung.
Les lanternes de Nara.
Et ce visage qu'on aima...

— ? — Chut. Taisez vous. Bonsoir!

X

Luca della Robbia, dis moi qu'il était beau
Et que tu l'eûsses pris pour modèle à tes glaises...
Je le vois sur du bleu, chantant, à la cimaise,
L'air extatique et froid, près du bord d'un tombeau.

Enfant de chœur presqu'ange, ou saint Georges enfantin,
Ce sont ces mêmes yeux voluptueux et vierges
Et ce geste charmant à supporter un cierge,
Avec la bouche ouverte et qui sent bon le thym...

Mais si je l'embrassais, o Luca, sous mes lèvres
Ardentes, le baiser, trop frissonnant de fièvre,
Ne trouverait que glace en place de soupir...

Ainsi n'ais-je adoré tes bas reliefs si tendres
Qu'avec un doute en moi, pour ne me point méprendre
En admirant trop fort qui me ferait souffrir.

XI

Les vagues de la mer m'ont parlé dans la nuit
En émouvant mon cœur de leur rumeur profonde.
Elles ont dit : L'amour n'est pas si grand au monde
Qu'il fasse à la beauté un trône sur l'esprit.

C'est vous, pauvres rêveurs, qui créez le royaume
Où vit de vos baisers l'avril d'adolescence...
C'est vous qui leur servez, à ces pages, l'encens...
Mais votre voix s'écoute — et eux, quels vains fantômes?

Si leur âme est petite et mesquin leur orgueil,
Qu'importe ce matin où riait leur jeunesse?
Un jour seront-ils vieux, et tout près du cercueil,

Et même avant, masqués, sans qu'on les reconnaisse,
Tandis que vos douleurs auront conduit le deuil,
Nous ne nous souviendrons que de vos chants d'ivresse!

XII

O jour qui meurs, o nuit qui nais, ô crépuscule,
Cendre d'or poudroyant le soir bleu qui recule,
Penche toi vers ma bouche où peu se sont penchés...
Ciel pur! Tu sais combien j'ai souffert, pour chercher
De par le monde un cœur qui comprenne mon âme...
Mais ils m'ont couronné d'injures et de flammes...
Et je dois vivre tel que tel ils m'ont conçu.

O jour qui meurs, o nuit qui nais, je veux, reçu
Dans tes bras émouvants et véritables, dire
Avant la fin de mon obscur trop long martyre,
Ces simples mots : Que si demain et d'autres jours,
Il me fallait refaire un calvaire d'amour
— Ce dur chemin de croix coupé de durs silences —
Mais où la station est l'Aube qui commence,
J'accepterais, les yeux comme un homme qui va
Vers l'Inde magnétique ou l'ardente Java,
Et sans tourner la tête au souffle des fumées,
Renverse et boit encor les lèvres tant aimées!...

XIII

Mon orgueil est une île où rêve un palais blanc.
Le marbre pur s'érige, entouré par la mer.
Et de l'aurore aux nuits, sous son porche désert,
Sauvages et royaux, se pavanent des paons.

Leur funèbre cri doux poignarde le silence...
Moi, Je reste tout seul, des larmes plein les yeux,
Comme quelqu'un qui part et qui dirait adieu,
En écoutant mourir un peu plus l'espérance...

Peut être avec un signe que dénierait ce cœur,
Abaissant mon idée au niveau des menteurs,
Pourrais je retenir une illusion chère...

Mais mieux vaut-il, debout dans le merveilleux soir,
Se changer lentement en idole de pierre,
Et, ce monde ennemi, le toiser sans le voir.

TOCCA ALLA ROMANZA

> Justice Darling : So you regret to have known Mr Oscar Wilde?
>
> Lord Alfred Douglas : Yes, I do. Most emphatically,
>
> *(Procès Pemberton Billing, Juin 1918)*

Ainsi qu'un Roi vainqueur, par un soir de tristesse
Où les désirs sont lourds comme certains trophées,
Il t'avait vu, il te choisit, il t'attira,
Car ta beauté faisait plus vivant son poëme...

Ton corps vierge exhalait un parfum adorable...

Et lui, dont le cœur grave aspirait au cristal
Réverbérant tous les adieux de son automne,
Malgré la fange obscène autour de lui jetée,
Il se pencha vers toi, pensif et doux soudain,
Et tu lui fis baiser le bouquet de tes mains...

Tu dansas devant lui, étincelant de grâce,
Et tu fus Salomé et Saint Jean tout ensemble.

Tes yeux clairs lui versaient un vertige si fort
Qu'agenouillé devant la lyre de ton corps
Il commandait au monde avec l'accent d'Hérode...
Puis traînant loin de toi sa volupté splendide,
S'accoudait, taciturne, au balcon de César!

Tout d'un coup, la tempête aboya dans le ciel,
Et les serpents visqueux se dressèrent, blafards...
De quels stylets subtils, de quels venins mortels,
De quelles rauques voix, o nuit blasphématrice,
Te servis tu, pour foudroyer l'Appolinien?
Du Dieu d'hier surgit une idole de boue...

Bien après la prison d'angoisse, après la roue
Sanglante, après l'enfer du moulin de torture
Où la morne Angleterre enchaîne ses esclaves,
Après le supplice infamant et l'entrave
Lorsqu'on le rencontrait, solitaire, à Paris,
Transfiguré par le malheur et l'air étrange
D'un prophète ou d'un fou dans sa châsse d'oubli,
On ne le saluait que d'un rire de fange...

Et je pensais à vous qui sembliez son Ange,
Alfred Douglas!

Et je pensais à Wilde abandonné et las,
Je me disais : Poète ! où Saint Denys porta sa tête,
Tu portes l'infamie avec un chant de fête !
L'Amour qu'on a voulu te jeter en insulte
Fera grandir plus beaux les éphèbes futurs.
Tu n'es abandonné que par les seuls indignes ;
Il te reste, en la tragique réalité,
Dans ce désert où le bonheur semble douter,
Il te reste à déchoir sur la blancheur d'un cygne !

Lorsque la mort le prit dans ses vieux bras glacés
Pour le bercer,
Lorsque la mort le prit, je vous croyais là bas,
Alfred Douglas,
Là bas, à son chevet, dans la gargotte pauvre
Où l'Enchanteur s'éteignit...

Et depuis,
A mesure qu'un vide auguste et exaltant
Planait sur son tombeau de Bagneux, que les ans
Passaient, que le laurier jailli
Tordait ses branches d'or autour de son front froid.
Je pensais à vous, lord Alfred, toujours à toi,
Rose boy d'Oxford qui lui versas du Rêve...

J'étais heureux que cet amour gardât sa sève,
Que tu lui fûs fidèle ainsi que Tommaso
Dei Cavalieri le Fût à Michel Ange :
En rançon des sommets frémissants, en échange
De la flamme mystique et des voix invisibles...

Souvenir ! clair Narcisse au miroir du Passé...

Il paraît que vingt ans — même pas — ont glacé
Ce miroir jusqu'au point de vous le rendre horrible.
Il faut tuer encor la mémoire d'Hier,
De l'Hier généreux dont prit source ta vie...
...s'accroupissent déjà les mégères : l'Envie,
Qui, bavant son fiel noir, chuchote à sa sœur Haine...
Vous voici donc, Douglas, railleur de courte haleine.
Vous nous parlez de ce prétoire où Il parla.
Votre voix qui jadis, sauvage, sût clouer
Un père au pilori et sur la croix un homme,
Vient à présent maudire un spectre : l'Autrefois !

Prenez garde ! Les morts sont partout où nous sommes
Ils écoutent, pâlis d'avoir tant entendu.
Ils comprennent, enfin, le secret de nos âmes,
Ils savent si notre œil disait la vérité.

Ils nous jugent sans pleurs et sans colère, mais
Quand de leur cercueil d'ombre ils ont pu nous peser
En ce que nous valons, veulerie ou mensonge,
Ils hantent notre cœur que leur image ronge,
Et vident nos cerveaux de leur ancien Amour!

Hypocrite, niant parce que l'on t'écoute
Et que des clergymen murmurent dans le fond...
Menteur sournois, menteur aveugle et plus félon
Que vain! Maigre histrion sur tréteaux de misère...
Mais, songez vous, Monsieur, que dans l'alme lumière
Ce vrai blason royal, ce cœur qu'on couronna
(Jacobite changé en putain de Zola)
Vous l'avez pour toujours maculé par l'opprobre?

Ainsi, c'est ce ferment que cachait ton visage?
Tes vingt ans abandonnés
Comme une grappe ardente aux caresses du mage
Ne présageaient ils donc qu'un rufian éperdu?

...Je songe au Bythinien qui dort au fond du Nil,
Antinoüs!
Je songe au Bythinien sur son lit de lotus

Choisissant de mourir en suprême prière
Pour garder, par son acte, un Héros à la terre....

Mais toi, mais toi, mais toi,
Misérable aux abois,
Ami traître! Renégat de la onzième heure!
Tu resteras piqué au mur, comme un hibou,
Comme un vampire au seuil glissant du cimetière,
Et lourd de sang, dans les crachats, dans la poussière,
Les crapauds de Judas viendront crever sur vous!

MUSIQUE, POUR TOI SEUL

I

César Franck, le chagrin a, ce soir, dévasté
Mon pauvre cœur de solitaire, o César Franck...
Je pense à ce prélude; et tes sanglots me manquent
Pour pleurer sur moi même en t'écoutant chanter.

J'évoque le silence assombri d'une église
Où nul ne vient prier, si ce n'est mon chagrin...
J'aimerais te savoir à l'orgue souverain,
Improvisant vers Dieu dans la douleur qui grise...

Et comme ton génie en appels déchirants
Vivrait les souvenirs d'un baiser éphémère,
Tout humble et tout petit j'écouterais se faire
En moi le calme pur qui grandit les mourants.

Le calme des sommets où n'atteint plus la rage
Ni la stupeur du vent, ni le brutal éclair;
Je dirais un adieu plus tranquille et plus fier
Au tourment d'aimer ceux qui ont un beau visage...

N'es tu point l'ange obscur couronné de désirs
Qui veille au palais blanc qu'ont élu nos vieux songes?..
O musique infinie où l'ardeur se prolonge,
Grand cri désespéré qui s'apprête à souffrir,

Que ton violoncelle exalte la tristesse
De l'homme dont l'hier fut plus fort que l'oubli,
Que tes accords d'argent fassent surgir, pâlis,
Les regards tout mouillés au moment des caresses,

O Franck! tu sus bercer nos repentirs humains,
Tu rendis par tes chants nos souffrances meilleures
Et l'on dirait, mon Dieu, quand ton crescendo pleure
Que Saint François d'Assise est là, qui tend les mains.

II

Amour au pied léger, amour insaisissable,
Quel pauvre fol a cru jamais te retenir?
Aux instants du baiser ta lèvre sait mentir...
Et tu n'écris le mot " Toujours " que sur le sable!

Pourtant nous sommes pris à ton jeu délectable
Malgré ces grands seigneurs qu'on nomme souvenirs...
Pour les ardents lointains, au risque de périr,
Je veux appareiller, bel Amour tant aimable!

Nous ne regarderons ni le soir embaumé
Fumant comme un parfum au bord de la mer morte,
Ni l'humide matin, ce tremblant nouveau-né;

Mais sans voir où je vais, vivant d'être avec toi,
Tu me prendras la main dès le seuil de la porte,
Et l'oiseau du Bonheur tremblera sous mes doigts...

CRAS ENIM MORIEMUR

Par ce soir calme et grave où la lune se lève,
Prométhée! unissons nos rêves à ton rêve...

Caprée au profil dur, que Michel Ange aimait
Repose ainsi qu'un sphinx en bronze violet.

Les rythmes alternés de la mer thyrrénienne
Mêlent à ma tristesse une amertume ancienne.

C'est là que tu fus pris d'un délire furieux,
Sur ces rocs de Capri, cambrés vers le ciel bleu.

Adolescent pensif, crispant tes poings sublimes,
Tu as dû marteler les volcans et les cîmes.

Tes bras trop tôt lassés par la douceur des chairs,
Saignaient allègrement sous l'étreinte du fer.

Ton dos marmoréen a gardé l'équilibre
De ces poids monstrueux de pierre dans l'air libre.

Tu as pu concevoir l'étonnant piédestal
De ta beauté, et bâtir à l'orgueil ancestral

De l'homme en lutte avec le destin invisible,
Un temple, que les Dieux viendraient prendre pour cible.

Et puis, quand d'un seul coup le travail fut parfait,
Lorsque ton rire pur réalisa l'effet

Produit par l'escalade au ciel,

un vautour d'ombre
Profitant de ta joie autant que du soir sombre

Troua ce cœur humain tout fiévreux d'infini!..

Mais tes cris! Je les entends encor dans la nuit...
Mais ta voix, nul au monde encor ne l'a couverte;
C'est toi qui grondes, Prométhée, et qui nous jettes

L'appel divin ou l'anathème, et qui nous dis
Quels voluptueux bonheurs et quels lents paradis

Sont promis aux élus qui ceindront la couronne!...

. . . .

Oh, ce soir où la lune éblouit, tu me donnes
Je ne sais quel orgueil, quel chant, quelle fierté !

. . . .

Moi aussi j'imagine des palais de clarté
Dans le ciel musical où tinte le cristal
Des mots, et l'or sculpté du doux parler natal...

Moi aussi, j'ai brandi mes mains vers des statues,
J'ai tendu vers l'amour des mains maigres et nues,

Et j'ai offert mes yeux en prières à Dieu...
Moi aussi, trop grossier, trop timide ou trop pieux,

J'ai demandé, j'ai supplié, sans qu'on m'écoute...
Du silence — quand on vit seul — naît comme un doute :

Personne n'est venu m'embrasser sur le front...
Je n'ai jamais senti la fraîcheur d'un bras blond

Errer sur mon visage endolori de larmes...
A présent : oublier, je n'ai plus que cette arme,

Et je vois, peu à peu, glisser entre mes doigts
Le sable du bonheur que je croyais pour moi.

Prométhée, aux déçus, gardes ton dernier geste;
Que ton exemple soit le suprême qui reste.

Si le départ s'annonce, apprends nous à partir
En fils de Roi, sans baisser le front, sans souffrir...

Prométhée, endors nous sur les genoux des rêves.
Donne moi ta folie et ton dédain. Elève,

Brutalement mon cœur sur ce seuil de rochers.
Et lorsque le vautour,

A son tour,

Viendra pour m'arracher la vie,

Que ta révolte excite un cri dont soit vengé
Le poète... Toi que j'envie,

O Prométhée !

TABLE DES MATIÈRES

FUMÉES

AMOUR

PARIS

IMPRIMERIE N. TRÉCULT

8, RUE DANTON, 8

www.ingramcontent.com/pod-product-compliance
Ingram Content Group UK Ltd.
Pitfield, Milton Keynes, MK11 3LW, UK
UKHW020322220726
13923UKWH00003B/1316

9 782329 033563